Lively art accompanies the favorite tale of *Jack and the Beanstalk*. Retold in both Spanish and English, this universally familiar story is a springboard for inspiring early readers and older learners alike to recognize Spanish and English words. The striking illustrations give new life to this classic while the bilingual text makes it perfect for both home and classroom libraries.

Relatado en español e inglés, el conocido cuento de *Juan y los frijoles mágicos* es un punto de partida para inspirar a lectores jóvenes y a estudiantes adultos a reconocer palabras en ambos idiomas. Las bellas ilustraciones le dan una nueva vida a este clásico favorito de todas las edades. Además, el texto bilingüe hace que este libro sea perfecto para usar en el hogar o en bibliotecas escolares.

English translation by SUR Editorial Group, Inc.
Text design by Amy Nathan.
Typeset in Weiss and Handle Old Style.
Printed in Singapore.
ISBN: 0-8118-1843-8 (pb) 0-8118-2062-9 (hc)

Library of Congress Cataloging-in-Publication Data
Bofill, Francesc.
Jack and the beanstalk = Juan y los frijoles mágicos /
adapted by Francesc Bofill ; illustrations by Arnal Ballester.
p. cm.
Summary: A retelling of the classic story of the boy who
climbs a beanstalk and outwits a giant.
 [1. Fairy tales. 2. Folklore—England. 3. Giants—Folklore.
4. Spanish language materials—Bilingual.] I. Ballester, Arnal,
ill. II. Jack and the beanstalk. English. III. Title.
PZ74.B54 1998
398.2'094202—dc21
97-28901
CIP
AC

Distributed in Canada by Raincoast Books
8680 Cambie Street, Vancouver, British Columbia V6P 6M9

10 9 8 7 6 5 4 3 2 1

Chronicle Books
85 Second Street, San Francisco, California 94105

Website: www.chronbooks.com

JACK AND THE BEANSTALK

~

JUAN Y LOS FRIJOLES MÁGICOS

ADAPTATION BY FRANCESC BOFILL
ILLUSTRATIONS BY ARNAL BALLESTER

chronicle books · san francisco

Once upon a time there was a widow who had only one son. His name was Jack and he was a very good boy. Mother and son lived in a little house in the country and they were so poor that they had only one goat. Every day the goat gave them a little jar of milk for breakfast, lunch and dinner.

———

Había una vez una mujer viuda que sólo tenía un hijo. El chico se llamaba Juan y era muy bueno. Madre e hijo vivían en una casita en el campo y eran tan pobres que sólo tenían una cabra. La cabra les daba cada día una jarrita de leche para desayunar, comer y cenar.

One day, the goat stopped giving milk and the mother said to her son, "Jack, you must go to the market to sell our goat. Try to get as much as you can, since you know that we have nothing else left."

Jack tied a rope to the goat's neck and went to the market.

Un día, la cabra dejó de dar leche y la madre le dijo a su hijo:

—Juan, tienes que ir al mercado a vender la cabra. Trata de sacar por ella todo lo que puedas, porque ya sabes que no tenemos nada.

Juan ató una cuerda al cuello de la cabra y se fue al mercado.

When he arrived in town, a farmer approached him and said,
"Do you want to sell that beautiful goat?"

"Of course. That's why I came," the boy answered.

"Well, look here," the farmer said, "I have this bag of beans. There are no better beans in the whole world. Take as many as you want in exchange for your goat."

Poor Jack took as many beans as he could, he filled his pockets and his pouch, he gave the goat to the farmer and then he returned to his house.

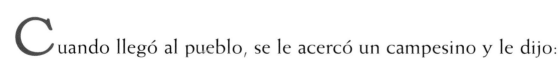

Cuando llegó al pueblo, se le acercó un campesino y le dijo:

—¿Quieres vender esta hermosa cabra?

—Claro, a eso vengo —respondió el chico.

—Pues mira, aquí tengo estos frijoles. No los hay mejores en todo el mundo. Toma cuantos quieras a cambio de tu cabra.

El pobre Juan se llenó de frijoles los bolsillos y el morral, le dio la cabra al campesino y volvió a su casa.

When he came home, his mother said,

"Son, you look very happy. You must be bringing me a lot of money."

"No, mother," said Jack, "I bring no money at all. I bring beans like you have never seen before."

The good woman was very angry and exclaimed,

"Oh, poor me, what a silly son I have!"

And then she threw the beans out the window.

Su madre, cuando le vio llegar, dijo:

—Hijo, vienes muy contento. Debes traerme mucho dinero.

—No, madre —dijo Juan—, no traigo dinero: traigo unos frijoles como jamás has visto.

La buena mujer se enojó mucho y exclamó:

—¡Ay, triste de mí, qué hijo tan bobo tengo!

Y tiró los frijoles por la ventana.

The next morning, when Jack went to open the window he was surprised by what he saw. On the spot where the beans had fallen now grew a plant so tall, that the stalk climbed high, as if it were a tree.

~

A la mañana siguiente, cuando Juan abrió la ventana se quedó con la boca abierta. Allí donde cayeron los frijoles había una planta tan grande, que parecía un árbol enorme.

Without thinking twice, Jack climbed up the stalk to reach the tender bean pods that grew on high. But the more he climbed, the higher the pods were. He climbed so high that he could no longer see his house. Tired of climbing, he stopped and found that he was in a country very different from his own.

~

Sin pensarlo un momento, Juan trepó por la planta para recoger las tiernas vainas de frijoles que crecían en lo alto. Pero cuanto más subía, más alto estaban las vainas. Así, llegó tan arriba que ya no veía su casa. Cansado de subir, se detuvo y vio que se encontraba en un país muy distinto al suyo.

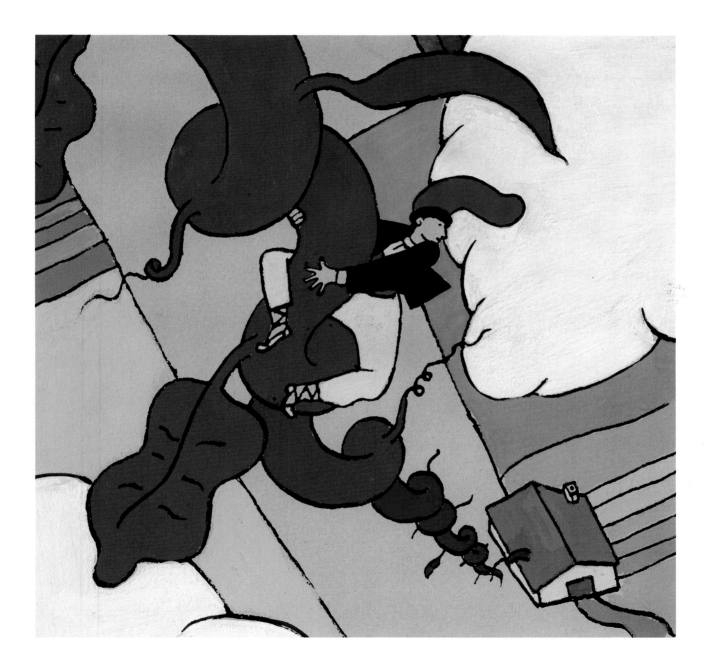

He saw an old woman sitting on a stone and the old woman said to him, "I have been waiting many years for you, Jack. Don't you know that your father was a very rich man and that a giant stole his fortune? The giant lives near here, in a castle, and you must go there to recover what belongs to you."

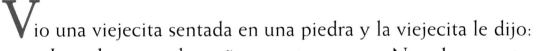

Vio una viejecita sentada en una piedra y la viejecita le dijo:
—Juan, hace muchos años que te espero. ¿No sabes que tu padre era muy rico y que un gigante le robó su fortuna? El gigante vive cerca de aquí, en un castillo, y tú debes ir para recuperar lo que es tuyo.

Jack arrived at the castle door and knocked. The giant's wife answered.

"Run away!" she said. "There is a cruel giant here."

"I am hungry," Jack replied. "Let me stay and eat."

She gave him food, and before the ferocious giant returned, hid him in a bowl.

"Smells like meat," the giant yelled.

"It's a goat I cooked for your dinner," the giant's wife replied.

The giant ate and then began to count the money he had stolen from Jack's father.

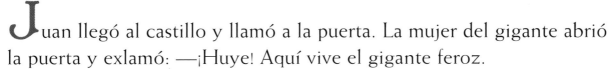

Juan llegó al castillo y llamó a la puerta. La mujer del gigante abrió la puerta y exlamó: —¡Huye! Aquí vive el gigante feroz.

—Tengo hambre —respondió Juan—. Déjeme descansar y comer algo.

La giganta le dio de comer y, antes de que el feroz gigante volviera, escondió a Juan en un tazón.

—Huelo a carne —gritó el gigante.

—Es una cabra que cociné para la cena —respondió la giganta.

El gigante comió y luego se puso a contar el dinero que le había robado al padre de Juan.

But, there were so many coins that the giant grew tired and fell asleep; he snored so loudly that the entire castle trembled. At that very moment, Jack got out of the bowl, he took the bag of money, and ran away from the castle as fast as he could.

When Jack had climbed half-way down the beanstalk he heard terrible screams. It was the giant, who had woken up and now was chasing him. But Jack was fast as lightning and in five minutes he reached the bottom of the great plant.

Pero, había tal cantidad de monedas que el gigante cansado se quedó dormido. Roncaba de tal manera que todo el castillo temblaba. Entonces Juan salió del tazón, recogió el saco de dinero y huyó del castillo a todo correr.

Cuando Juan había bajado ya hasta la mitad de la planta oyó unos gritos terribles. Era el gigante que se había depertado y le perseguía bajando por el tallo. Juan, sin embargo, veloz como una centella, llegó al pie de la gran planta en cinco minutos.

Then the old woman touched the stalk and pulling out a magic wand said, "Go away, beanstalk!" And the beanstalk disappeared in a flash. The giant suddenly found himself very high up and with nothing to stand on. And he fell down, down, down—never to be seen again.

———

Entonces la viejectia tocó la planta con su varita mágica y dijo:

—¡Frijol, desaparece!

Y la planta desapareció en un santiamén. De pronto el gigante se encontró a gran altura y sin soporte alguno. Y entonces se cayó y nunca más fue vuelto a ver.

Safe and happy, Jack took the bag of money to his mother, and thanks to him they never lacked anything as long as they lived. After this, Jack's mother always said, "How lucky I am to have such a clever boy!"

～

Juan, a salvo y feliz, llevó el saco de dinero a su madre, y gracias a él, desde entonces nunca les faltó nada. Después de esto, la madre de Juan decía siempre:

—¡Qué suerte tener un hijo tan listo!

Also in this series: **Goldilocks and the Three Bears**
También en esta serie: **Ricitos de Oro y los tres osos**

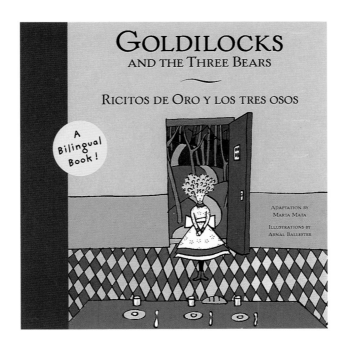

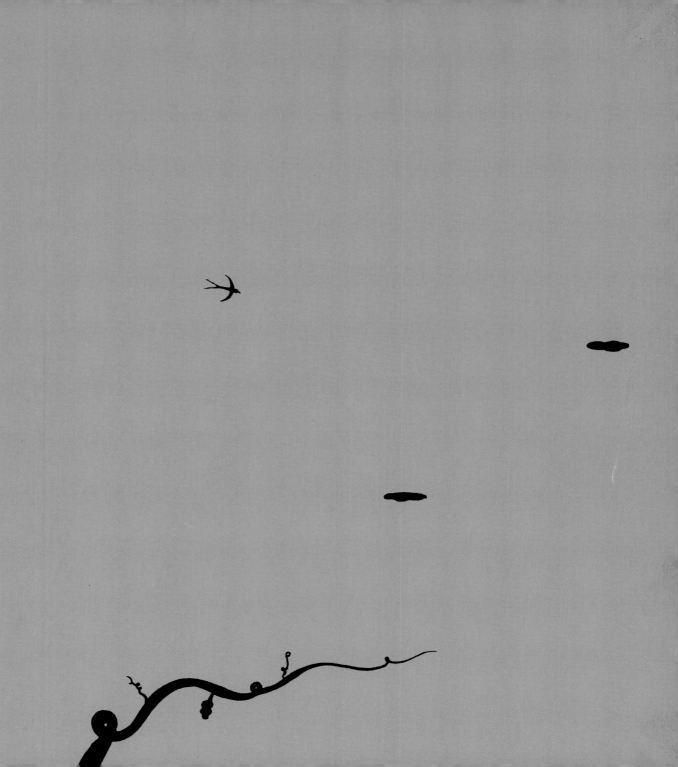

Arnal Ballester has illustrated over 35 books for children and young adults. He has been recognized internationally for his outstanding artwork. He was awarded the National Prize of Illustration for Children's and Young Adult Books in Spain and the UNICEF Prize.

Arnal Ballester ha ilustrado más de 35 libros para niños y adolescentes. Reconocido internacionalmente por su excelente trabajo, obtuvo el Premio Nacional de ilustración para libros de niños y adolescentes de España y el Premio UNICEF.